KB052228

별들이 뜨락 밝히는 밤

불교신문 시선집 **1**

—

별들이 뜨락 밝히는 밤

상인스님 시집

불교신문사

책머리에

가섭산 가섭사
흰 구름 이는 사연
아는 이 그 누구인가?

산은 산으로 첩첩이 이어지고
세상은 시비분별을 떠나니
인연 맺은 자 누구이고
인연 끊은 자 누구인가?

서산에 일락하고
추월(秋月)이 떠오르니
그대의 진면목이
추녀 끝에 걸렸구나

억 !

수행자의 수행은

허물을 벗어버리고자 함인데

오히려 한 짐 더 얹어졌습니다.

순간적으로 스치는 생각들이

좋아서 잡아놓은 것들 모아

작은 책으로 내게 되었습니다.

여러 선지식들의

많은 경책을 기다리겠습니다.

불기 2563년 기해년 성하지절

음성 가섭사에서

고선(古禪) 상인(常仁)

차례

서설(瑞雪)

땅속 깊은 데서
봄기운이
머리 들고
일어서네

뒷모습
미처 감추지 못한
환한 겨울 꽃

흩날리며
떠나가네

그대여

너의 모습
지워질지라도
널 잊지 않으리라

그리움 1

앞산 너머
떠나는
님 쫓아
따라갔더니

서산 마루턱에
붉은 해 걸치고

뒷동산 너머에는
어느새
달 올라서네

님의 미소

그 님 미소를 보며
언제부터인가
어둔 마음에
달빛처럼 은은한
행복 찾아들었네

가슴 속 깊은데서
온몸으로 살아 숨쉬는
기쁨 만났기에

님의 미소

다시는 보내지 않으리

산울림

저 멀리 저 멀리
시원한 바다

다정하게 들려오던
그 소리 그 소리
멀어져 가고

저 높은
아름다운 산

잃었던
주인 찾아 달라고

산울림으로
산울림으로
달려오고 있네

밤하늘

달 밝은 밤하늘
외로이 서 있는 나

달빛은
그네 타고
사뿐사뿐 나려오네

산새 잠 깨울라
손 내밀며

님의 품으로
님의 품으로…

칠갑산

길 따라
저녁노을

단풍 나~가는 길
멈추게 하네

해 지고
달 떠도

나의
마음 마음 실어

칠갑산* 아래
맑고 맑은
저~호수
함께 있자 하네

———

* 충남 청양에 있는 산.

청계산

깊어가는 가을
청계산* 지나온 생
헛되이 보내지 않았다는 듯

산들도
아름다운 모습
드러내 보이네

너니 나니 할 것 없이
한마당 노니는 빛

청계산 기슭 아래
펼쳐지네

———
* 경기도 과천 청계사가 위치한 산.

단풍 1

얼굴 들어
허공 보노라니

저 달
나더러 오라더니
지나가는 기러기 타고
계룡산 허리에 걸터앉아
나뭇가지 들어 보이며
곱게 물든 단풍 되네

나무를 떠나가지만
나무를 떠나서 살아갈 수 없듯

너와 나
허공 사이 두고
자유로이 오가며
가을 계룡산 아름다운 빛으로 남아
영원히 계룡산과 있으리

도갑사의 밤

고요하게 밤은 깊어
잠들어 가고 있건만

암흑 같은 어둠 속
들려오는 풀벌레 소리

깊고 깊은 계곡
떨어지는 낙수
바람 타고 들려오는 화음

나의 고독 달래 주려
찾아오는 듯

어둠 속에 밀려오는
그 님의 미소
당신의 숨소리는
정겨운 한마디어라

동해

길 따라
저 멀리 밀려오는
수평선

나 부르네
나를 부르네

출렁거리는
파도 위
갈매기
파도와 춤을 추고 있네

망망대해에
살며시 앉은
저 갈매기
아름다워

나 또한

저들이 놀고 있는

수평선 향해 가고 있네

동심(童心)
— 어린 시절을 회상하며

저녁노을 내리는
고향 부엌
어머니
청솔가지 가지런히
가마솥에 넣고

곱게 빚으신
송편 하나 하나
솔잎 위에
깨질세라 조심조심 얹는다

아궁이 불 지피며
서울 가신 형님
기다리다가
가을들녘 빛 바래져 가네

계룡산

계룡산 가을비
가을 보고
바삐 가라 하네

그러나 가을

자기 모습 드러내 보이고
그냥 갈 수 없다고
가지 않으려고
빗속에 깊이 젖어가는
그 몸 깊이에서
나오는 빛으로

나를 밀어내려 하는
너에게
나와 같은 모습
보지 못할 것이라며
말 한마디 남기고
빗속을 멀어져 가네

금강(錦江)

금강 가르며

마음으로 들어오는

반달

공산성(公山城)*

아늑한

관세음 관세음보살

예나 지금이나

굽이굽이 흐르는

금강

자비

사랑 실어

만 생명 길 되어 주네

---

* 공주 공산성 내에 영은사가 있다.

내장사 1

보슬비 나리는 내장산

안개 속 싸여
오가는
걸음걸음마다
멈추게 하여 놓고
바라보는 관세음보살

마음 속 가리는
안개 틈에
미간백호(眉間白毫) 광명 놓아

내장사에 덮여 있는
저들도
아름다운
꽃이 되어
내장산 주인 되리라

새

어둠이 채 가시기도 전
어디서 날아왔는지
창문 밖 나뭇가지 위 걸터앉아
새벽안개 가르고
아침 문안 인사하는
맑고 청아한 소리

나더러
나와서 염불노래 불러
푸르른 청솔가지 솔내음처럼
진솔하게 살아가는
너와 나 되자 하네

삼경(三更)

개골개골
개골개골

깊은 밤 어둠 속에
전생 지어온
업장 지우려
염불삼매에 들었는지

개골개골
개골개골

가까이 가까이 가도
아랑곳 하지 아니하고

개골개골
개골개골

깊은 밤하늘
은하수 길 따라가네

산사

인적 없는 산사
삼경은 되어가고

창 너머 휘영청 늘어진 나뭇가지
살며시 걸터앉은 저 달님

빙긋이 미소 지으며
나 보고
더 가까이 오라 오라하면서
아름다운 밤은
홀연히
저 높은 곳으로 가버리네

선운사

저 멀리
저 멀리서
통한의 울음소리

그 누구를
잊지 못해
슬피 울고 있나

법당 뒤
동백꽃
빨갛게 피어

파란 잎
살며시
동백꽃 감싸고

부처님 자비로
마음 달래어
마음 찾아가네

월출산(月出山)

오가는 발길 따라
월출산 먹구름
천지 덮고 뇌성벽력
천하를 호령하네

한 방망이 지나가니
천황봉
더욱 장부 같아라

산허리 떠오르는
저 아지랑이
벗이 되어
하나가 되자하네

천안 삼거리

천안 삼거리 옛 모습
보이지 아니하고

이름 모를 모습만
낯설게 주인인 듯

오가는 발걸음
말없이 음미하며
넋 잃고 서 있네

옛 친구들
다시 돌아와
천안 삼거리 정겨웠던 혼
살아서 돌아오라

백리 벚꽃 길

아직은
싸늘한 바람
그 바람 타고 오는
향 내음

내 마음
함께 타고 가자 하네

이 마음
태워 보내니

전라 백리 벚꽃 길*

어둠 가르며
찾아온 길

꽃샘추위 헤집고
향 머무는 곳
나도 닿으리

———
* 전북 전주-군산 간 벚꽃백리길.

애원

— 성철 큰스님 열반소식을 전해 듣고

가야산 봉우리

백련 꽃을 피워

만 중생에게

향이 없는 향내음

건네주었건만

어리석은 중생은

쌓이고 쌓인 허물 업장

녹이지 못하고

천생 만생 만나기 어려운

그 님

오신 줄 모르네

보내고 난 뒤에
이 마음
산산이 찢어
가야산 자락 놓칠세라
가신 님께
애원하네

허물로 이루어진
이 생에
성성요요(性性搖搖)한
성성적적(星星寂寂)한
대광명 놓으신
님이시여 님이시여

비 오는 거리

비 오는 거리 거닐면서
지난 날 지워지지 않았던
기억 떠올리자니
먼 옛날이었는데…

찰라 지나가는
한생 한생
수많은 생들

비 오는 거리 거닐면서
아름다운 모습
추한 모습
빗속에 흘려보내리라

벗

― 서울 영등포 용산 유흥가를 지나면서

불빛 그림자 없는
어두운 이 밤거리
어두운 삶의 생에
혹시
하루 벗 되어 주려나

사나이가
가슴 열어 보이면서
찾아오려나

이름 모를 그대 그리면서
기다리는 골목길

나의 찢겨져가는 이 몸
은은히 비춰오며

달빛 함께 찾아오는
이름 모를 벗이여

청춘

청춘은
너의 배 타고
누구를 찾아
어디로 가느냐

정녕코
네가 간들
너를 찾지 못할소냐

그 언젠가
물 위에 홀로 선 채
갈 곳 잃은 돛이 되어
출렁이는
너의 벗이 되련만

나를 찾지 아니하고
반려가 아닌
저 허공을 찾아 헤매이나

달밤

달밤에
별들이
뜨락을 쓰는데

소리 없이
비가 나리네

비 맞으며
오솔길 걷자니
일어나는 마음

그 마음 지우려
님에게로
님에게로…

바라본 개성

전망대 돌아 올라서니
저 건너 보이는
송악산 마령산맥이
반겨주며 부르기에

나의 법신은
어느덧 그곳에
가 앉아 있건마는

이 화신은
발아래 보이는
철책이
그 무엇이기에
가지 못하고

보이지 않는
눈물만 송악산을 적시네

가을에 떠난 님

떠난 님이여
떠나간 님이여

겨울이 되면
고이 잠드시고
봄이 오면
달빛 타고 오소서

여름이면
나래 펴고
가을이 다시 오면
환희의 미소 허공에 펴서
그 님 다시 보내지 않으리

기다림 1
— 대흥사에서 100일 기도 중

네가 그리워
앞산 바라보면서
너의 모습
마음으로 그려 보니

너의 모습은
앞산에 가득 찼네

너무 좋아
포옹이라도 하려 하니

누군가
어디에서 왔는지
길 지워 버리고
님의 모습마저 지워버렸네

이 산 저 산 찾았으나
어둠만 찾아오네

꽃병

하얀 아름다운 꽃병

날고 싶어 하는
네 모습

높고 높은
무등산을
작은 나래로 감싸네

가까우면서도
먼 나라에 가
찾고 또 찾았던
자그마한 꽃병

가자고 한 너
너는 어디로 갔느냐

난 너 찾아
꽃병 속 찾아 들어 왔네

고해(苦海)

어둠이 찾아오면

나는
산을 찾아 오르고

너는
마을 찾아 하산하지

먼동이 트면

너는
그 누구 찾아
고해의 돛을 달고
이 마을 저 마을
떠도느냐

행복 찾는
그 주인은
누구더냐

그리움 2

오늘도 그려 보는
산하대지

아무리 그려 놓아도
보이지 아니하네

어찌할거나

지나간
수많은 나날
저 허공에
오색영롱하게
그렸건만

지금

와 보니

찾아도 찾아도

보이지 아니하네

어디서 찾으려나

기다림 2

바람결에 밀려오는
그대 모습

산천초목되어
기다리는
나

보이는 듯하다간
바람결에 멀어져 가는
너의 모습

붙잡으려야 붙잡을 수 없는
널 그리며

다른 때 다른 모습으로
다시 오리라 마음 다지고

나 또한
허공 모습으로 가리라

흙내음

저 산 너머 모퉁이
봄의 아지랑이
몽실몽실
봄의 소식
들리어 오고

온 누리에
백의민족 꽃 몽우리
방긋이 미소 짓네

옛 나의 두메산골
고향의 흙내음
정겨워

봄소리 따라
고향 산천 선경을
찾아가고 있네

자태

나뭇가지 위 관음조(觀音鳥)
어디서 날아왔는지

아름다운 자태 보이면서
보금자리

누가 와서
나의 모습 볼거나

돌담장 너머
들려오는
방아 찧는 소리
통! 통!

정읍

지난 날
깃발 들고 모였던
동학도(東學徒)

이 겨레
이 민족
구하고자 모였던
그 모습
보이지 아니하고

고군분투하다 가신
영령 위로하듯
노령산맥 내장산은
굽어보고 있네

말티재를 넘으면서

한 생각에 의해 한생을 살자면
한생이 한마음 보지 못하고

마음이 한마음 보면
말티재 넘어가는
저 햇님도
한자리에 머물러
해와 달빛 하나 되어
세세생생 없이
문장대(文章臺) 아래 있으리

---

 * 말티재 : 충북 보은에 있는 고개로 과거에는 법주사로 가는 유일한 도로였다.

무명초

한 그루의 잡초
무성히 자라더니

삼월 봄바람에
날리어
사천만 동포
놀라게 하는구나

한 그루의 잡초
잘도 자라더니

제일인 양
아랑곳없이 휘저으며
오가다가

삼월 봄볕에
쓰러질 적
이슬소리인 듯 가냘프구나

넋

너를 보내는 마음
밤하늘마저 눈물 흘리네

너의 영혼만은
이 세상
이 세상을
원망하지 말아다오

너의 못다 한 생을
저승에서나마
마음 열어
꽃피어 주어 다오

파도

출렁출렁
쉴 새 없이 밀려오는
파도
나를 때리네

때리고는
어디메로

찾아도 찾아도
보이지 않는
파도

나를 싣고
나를 싣고
어디로 가는가

세차게 이 몸 휘어치고
없어지는
얄미운 당신

잊으려도 잊을 수 없는
너와 나였기에
나는
영원히 너와 함께 불멸하리라

화장터에서

말없이 가시는
당신을
불 속에 밀어 넣는 내게
싫다 않으시고
삼라만상 태우는
화구(火口) 속으로
들어가시는
님이여

나를 원망하는 말이라도
속 시원히 하여 보소

당신께서 살아온 세상
하늘에는 원망마소

멍든 마음 불사르고
저녁연기로 하늘 덮어
참회의 눈물로 내려오소

이별

너와 나 헤어진다면
다시 오리

온다는 약속이야 하련만
그날
얼마나 걸릴까

믿을 수 없는 그 다짐
차마 믿기 어려워

칠보보다 더 귀한
너와 나의 만남
다시 온다 해도
너와 같지 않으리

여행

나의 처음 여행길에
이 내 몸
나 쫓아
짧은 인연 맺고는

한생 즐거움과 고통의 도반되어
탁마하는데

화산이
부서지는 소리
발아래 들리누나

방황 1

어디에 서 있는지
모르는 채
갈 곳 없는
나

가장된 위선으로
고귀함을 찾다 보니
진면목을 찾기
더욱 어려워져 가고

모든 욕망 버리려고
산하대지 헤매며
방황하지 않았더냐

이제
한 생각 놓아야지

방황 2

산 넘고
산 넘으면
악마와 같은
고(苦)
기다리고

돌아가자 해도
돌아갈 수 없어
방황하며
나
여기 있지

이제

널

선택하여

세세생생

탁마하면서

산 넘고

물 건너리

번민

새벽바람 차가운데
암흑의 세파
어디선가 몰아오네

나
어디로 데려 가려나

보려야 보이지 않는
그대
산하대지 짓밟아 놓고
너 혼자만이
어느 곳으로 갔느냐

나
너 찾아 헤매면서
보이지 않는 눈물
한강을 채웠노라

이제
나 갈 길
혜안으로 들어와
지혜광명 밝혀
너의 행복 보니

나
평안한 행복 찾아
영원히 영원하리

그네

달 밝은 밤하늘
외로이 서 있는
나

달빛은 그네 타고
사뿐사뿐 내려오네

산새 잠 깨울라
손 내밀며

님의 품으로
님의 품으로

도선국사 비

월출산 향로봉 아래
병풍으로 감싼 듯

고려민에 평화자비 주었던
그 비둘기
오간 데 없고

오늘도 지켜보고 있는
그대 모습
나 일깨워 주고

오가는 걸음걸음
신비스런
그 님

이 자리

나 언제부터
헐벗고 이 자리 서 있었는지

어디에선가 찾아왔는지
나도 모르게 벗겨진 옷
살짝 입혀주고
말없이 떠나가는 너 바라보며
나도 모르게
너 따라가지 않으려 해도
말없이 따라가는 나

언제나 내 모습으로 살아가려나

그림자

님이여
님이여

나보고 오라더니
네 모습은 보이지 아니하고
어렴풋한 그림자로 비추나

들녘에서 불어오는 바람
너의 그림자 지우고는
흔적도 없이
드높은 창공을 향하네

홍련암

천년만년 긴 세월을
수많은 야사 속에
사로잡혀서
동해 홍련암을
찾아왔건만

어디메 계시온지

나의 다생겁래 내려오는
업장
무거워
그리운 님을
뵈올 수 없사오니

나의 뼈를 깎고

살을 저미고

피를 말리는

고행으로써

당신을 대하리라

일념

고인(古人)을
찾아 온
천년의 금까마귀(金烏)
아미타 부처님

갈 곳 몰라
헤매는
이 어린 중생
오직
나무아미타불!

중생

하늘이
울고 울면서
세상을 보네

산하 뭇생명
아수라가 되어
자기 자신을
모르는 모습들

차마 보기 힘겨워

언제나
추한 모습 지워버리고
본래 진면목 찾아
일성할 수 있으려나

묵향

묵향과 도반되어
산하대지로
벗을 삼고
고독이 오면 묵향으로 달래고
즐거울 때 화선지 위
웃음 짓고
나 기다리는 자 없건만
맞이하여 반겨줄 자
그 누구일까
나 가는 줄 모르면서
인연 모아졌던 곳
어디메인고
어느 곳에 있기에
고통스러워도
고통으로 인해
나 찾아가련다

나그네

해는 서산에 지고
세월은 돌아올 수 없는 것

인생은 일장춘몽
오감 없는 생사윤회 초월한
너와 나 여기 있노라

깊어가는 어둠 속에
방황하던 나그네
밝은 광명 찾아서
헤매던 날 몇 겁

인생 밝음과 어둠 없는
진여 세계 참다운
너와 나 함께 걷노라

깊어가는 어둠 속에
방황하던 나그네여

님

첫 발자국 딛고 오시는
투명같이
해맑은
그 님이시여

나는 두 손 모아
기쁨으로 맞이하여
포옹하네

어디로 향하여 가시는지
당신만이 아시고는
떠나는 님이시여

날개

나의 보금자리 찾아
언제부터인지
날기 시작하였던가

눈에 보이는 것은
아름답고 화려한 것들
나를 유혹하여
유희하려다가는
홀연히
어디론가 사라져 가버리고

나 홀로
날다 날다
향수산* 백련꽃 위 나래를 접네

———

* 경기도 용인 에버랜드 뒤 백련사가 있는 산.

영과 허공

공허한
내 마음

그 누가 찾아와
가득 채워 주려나

창 너머에서
불어오는
바람

사랑 싣고
나의 품으로 오려나

그 님은

공허함을

공허함으로

채웠다가

비워 주고

바람과 더불어

허공을 찾아 떠나겠지

기다림 3

가는 곳 모르면서
와 있는 곳 보지 못하고

네가 좋아
너를 찾았건만

나의 모든 것 삼켜 버리고
말없이 가 버리는
그대

나 불태워 버린
그대
나 찾아 주려나
기다리고 기다리는 마음

나
가버리는 것이
인생의 길이 아니더냐

생

세상을 보는 순간
나의 여행은
시작되고

고통의 사슬을 벗어나려고
외로운 길
고독한 길
고해의 길에서
한없이 여행하지만

이 몸
여행의 종착역 찾지 못하고
이어지는 다음 생
어느 곳에선가
자유자재 여행하리라

삶

저 높은 곳에서
내려오는
달빛 그림자
잡지 못하고

별빛과 오는
바람
멈추게 하지 못하누나

너와 내 마음
둘 아니니

홀로 서서
망망대해 고해
고해와 춤추고 싶어라

수행

높고 높은 산허리
천년 묵은 소나무
세파에 흔들리지 아니하고

흐르는 계곡 맑은 물
작은 미물에 흐려지지 않는도다

심우

봄날의 꽃향기 찾아
청계산 기슭 아래
아미타 부처님 품에 안기었더니
관세음보살님
자비한 미소로 인도하시며
이르시되,

이 심우는 어느 곳에 머물다
이제서야 왔느냐?
자, 보아라
이것이 너의 주인이니라

윤회

너와 나
여기까지 오는데
참을 수 없는
지옥
극락
육도윤회

그러나
지옥도
극락도
산다는 삶을 찾아서
비켜갈 수 없는 과정이었기에
나
지금
이 자리에 있게 되었지

백록담

한라산 어구 다다르니
반갑다고 반갑다고
기다린 듯
까-악 까-악

저 까마귀
어느 생 지었는지
영실 어구 이른 아침
단정히 고개 숙여 앞서며
산행에 벗 되어
어리목 다다르니
까~악 까~악

님 떠나는 아쉬움
목 메이는 마지막 인사

백록담 올라가는
겁전(劫前) 친구여

다음 생 인연
천왕사 오백나한이어라

초여름 밤

사랑 사랑 따라
굽어진 벼랑 길

어두운 밤하늘
비 촉촉이 내리고
우리 사랑 귀한 사랑

마음 마음
열고 들어와
이룬 사랑 사랑…

삼매

앞산 뒷산 달빛이

그네를 매고

사자는

그네를 타고

별들은

춤을 추고

산새는

흐르는 물소리에 사랑 흠뻑 젖어 있네

단풍 2

멀리서 바라보는
단풍

마음에 등불 붙여
여래의 법신 볼 수 있기에

너의 모습
더욱 아름답구나

깊어만 가는
가을의 저녁노을
나의 자성을 대신하는구나

가을 보내면서

가을을 보여 주고
바람과 같이
홀연히 떠났다가

초겨울 밤하늘에
미소 지으며
찾아 온 님이여

가을 그림자 지워 버리고
서서히 멀어져 가는 님이여

나의 허물 벗어 버리게 하고
떠나가시는 님이여

향기

꽃향기에서
사라져가는
너의 모습 붙잡으려
꽃바람 타고 쫓아가네

귓가에서
들리지 않는
청아한 너의 음성 들으려고
꽃향기에 나를 실어
바람타고 님 찾아가네

향수

반짝이는 불빛에
풍기어 오는
향수

고요히 잠자고 있던
내 마음
깨워 놓고

가까이 올 듯하다간
오지 않는구려

만물을 소유하고 싶어 하는
욕망

훨훨 타오르는
불속에 던지고

우리
신명나게 살아보세

인연

너와 나
너와 못다 한
나였느냐

어느 생이든
영원한 너와 나였기에

지난 생
꽃망울 맺고
금생
인연 모아
꽃 피우고 결실 맺어
헤어질 수 없는
너와 나였기에

우리 인연
괴롭고 고통스러워도
한생의 도반 되어
연화의 꽃 피워 보세

진실

나
진실을 찾아
얼마나 울고 울면서
산천을 헤매였던가

진실은
고행에 있는 것이 아니라
너와 나 삶이 생성하는
현실에 있나니라

지리산

남원 땅 찾아 찾아
저녁노을 밟으며
다다랐건만

옛 님은 보이지 않고
실상사 종소리
지리산 자락을 따르네

그 종소리
이내 몸 마음에 실어

그 님 찾아 오랜 세월
동반자같이 지내온
억겁의 짐 벗어 버리고

지리산과 더불어
덩실덩실 춤이나 출까

노고단 솟아나는
빛이나 되어 볼까

하나

너의 공간
나는 보았고
나의 공간을
너는 보았으리

너와 나
하나의 공간
이루었으니

하나의 생명
밝은 빛 이루리라

마음

보는 마음
본래 마음
듣는 마음
본래 마음
말하는 마음
본래 마음일세

있는 그대로
본래 진면목이야

물

말없이 흘러가는
물

걸림 없이 내달아
아름다움에
집착하지 아니하며
흘러가기에

나
물이 되어
벗어 버리고 떠나리

나
영원한 곳 가리

내장사 2

겨울 깊어가는
내장사의 밤

설화가 어둠 밝게 밝혀
내장산을
아름다운
환상에서나 볼 수 있는
세계로 만드네

나의 살아온 억겁
지어온 업장 이 자리

내장사에 피어 있는
설화
나에게서도 활짝 피워 보리라

누구에게나

밤을 태우는 힘
누구에게나 있는 것

지난날 추억
태워 보내고 나면

타고 남은 재 윤회 되어
나의 삶 밑거름 되고

새 생명
티 없이 해맑은
빛은
허공 두루 비추네

파도 2

동백섬에
발길 멈추자니
하늘 닿을 듯

수평선 바라보니
태평양에선가
밀려오는 파도

넓고 넓은 고해를
길 만들며 왔는지

동백섬 다다라서는
마지막 남은 힘 다해
스스로 몸 부딪치며
돌아가는
너의 모습 보고
저 갈매기와 나도 떠나리

산마을

파아란 하늘은
높고 높은
국사봉의 방갓* 되어주고

산허리 피어오르는
아지랑이
육환장 되어주네

산마을에
찾아드는
저 빛
저 빛들

제 모습 찾으려 하니

참으로 착하구나

오가면서

잘 살필지니…

열반

나의 주인

마음의 주인

누구였던가

주인 찾아

헤매인 그날 몇 겁이었던가

그 무거운

업의 때

벗어놓으니

삼천대천세계 주인

일원상(一圓相) 아니었더냐

당신

임하실 곳

태어남도 없고

멸함도 없는

생사윤회 초월한 곳

너와 나

영산에서

연화광명 영원토록

극락왕생하리라

완성

미완성에서
참으로 길고 길었던 여행

너와 주고받은 사랑은
이 세상 아름다운 빛 찾게 하였으니
긴 여행의 잠에서 깨어난 나에게
자비로운 사랑 꽃피우게 하였지

연화

태양은 예나 지금
밝게 있건만
빛을 잃고 있는
고해의 업보중생
빛을 보면서도
보지 못하는
중생 위해
어두운 곳 찾아오신
관세음보살!

자비광명 놓으시어
팔만사천 지옥
연화 피워 놓으시고
불보살의 나라로
님이여
가시거든
고해의 업보중생
구원의 광명 주시옵소서
나무관세음보살!

서혼

역사의 강은 흘러온 지 반만년
민족의 혼이란 배에 이 몸 실어
갈 곳 모르면서 떠다니는
한 그루 나무인가봐
덧없이 우왕좌왕 다녔지만
상처뿐인 나

지금 있는 곳은 어디에서 왔는지
이름 모를 그대들에게
밀려나지 않으려고
나는 아~주
먼 옛날로 역류하며
우리 고향 단군할아버지 찾아
민족의 혼 속에 있는
우리 문화의 무대 위에
연출의 주인 다시 찾았노라

아! 기쁘도다

아! 태양의 빛이 찬란하도다

나무 일연성사

천년화

산을 넘고 강을 건너
기나긴 세월 굽이굽이 돌고 돌아

너를 찾아 사랑을 찾아
힘든 줄 모르고 눈 비 맞으며
당신을 찾아 왔는데

당신 마음 헤아리지 못하고
당신 마음에 상처를 주고는

밤 가는 줄 모르게 흐르는
눈물이 내 마음 찢어지듯이
아파오네요

하늘이 나에게 내려주신
보배로운 당신
천년화를 보내지 않으리라

헛개비

노을처럼
비단옷 갈아입은 산자락이 찬란하다
먼 길 가는 나그네

마음마저 붙잡혀
돌아가는 산자락 아득하여라

어느덧
보름달 동산에 나와
호탕한 웃음 메아리치는데

당신,
무엇하러 왔냐고
내 주위를 빙빙 도는
그림자 하나

어쩌면 그대 같기도 해서
갈 길을 놓치고 말았다

가섭사

가섭산하 가섭존자

천년만년 전
빛으로 나투시어

고통 속에 갈길 모르는
뭇 중생 보듬어 주시며
시름 덜어주고 계시건만

범부 중생은 가섭존자를
친견하지 못하고 있네

비상

하늘은
구름 한 점 없고

둥근 달

청풍호에 내려와
외로움 훌훌 벗어버리고

비천상 되어
별들의 축복받으며
비상하네

똥자루

내 어디서 왔는지
알 수 없으니
가야 할 곳이
깜깜한 암흑뿐이어라

바보처럼
이 똥자루 몸뚱이에서
일생을 마쳐되어
허둥대는 몸

어쩌면 허상 중에 허상이어라
닦아도, 닦아내어도
나는 보이지 않고
그림자 하나 멀리 서성이고 있으니

아! 어디로 가야
너를 만날 수 있는가

오가는 마음

가는 해 어디로 가는가?

오는 해 어느 곳에서 오는고?

보내는 마음 애절하지만

받아든 새날을 품고

동고동락으로 이 지상 가피를 나누어 가진다면

해처럼 행복하지 않을 곳 어디인가

한해를 보내면서

마지막 해는 서산에 걸터앉아

온 산을 붉게 태운다

새해 희망을 싣고

새해의 태양 다시 떠오르라고

하얀 꽃

산에는 오색 수채화
들엔 들국화
시샘이나 하듯
가을이 채 가기도 전
겨울의 첫 손님
꽃가루 산하
첫눈이 오네
동심으로 돌아가고파
그리운 그곳에서
두견새와 울고 싶어

존제보살

사랑을 찾아 길을 나섰네

바람에 이리저리 날리는
낙엽 밟으며
그 여인을 이제라도 마주칠까

마음 졸이며
오늘도 길을 걷는다

바람이 전해주는 향수
내 앞에 서 있는 것 같은
그 사람

사랑을 찾아 길을 나섰네

흩날리는 흰 눈이 소복이 쌓인
눈을 밟으며
사랑을 불러보네

그 여인을 기다리며
길을 가는데

저 멀리서 걸어오는 여인
나를 보고 미소 짓네

내 사랑
기어이 나를 찾아왔네요

운해의 빛

깊은 밤 어두운데

마음의 빛 은은히 밝혀
월악산 금수산 사이
청풍 호수길 운해는

자유로이 오가며 춤추고
운해 타고 내려오는
님 그림자

저 높이 미소 띠면서
마음 열고
나의 세상 나래 펴리라 하네

망년

- 인생 60년을 뒤돌아보며

경인년
초여름 새벽
쾅 쾅 하는 소리 무너진 삼팔선
한반도 아수라 비명소리
하늘을 갈랐다
민족사의 크나큰 비극
산하를 피로 물들인
육이오 전쟁

육십 년 후
초여름 밤
쾅 쾅 하는 소리 불바다 서해
군함이 침몰하며 화산 터지듯
하늘로 솟는다
고요하던 연평도 여름 밤
여기저기
불꽃처럼 날아오르는 폭탄 세례
불바다를 이루네

한 마음으로 돌아보는
여기 이 자리의 시

— 이하석(시인)

1

한 생각에 의해 한생을 살자면
한생이 한마음 보지 못하고

마음이 한마음 보면
말티재 넘어가는
저 햇님도
한자리에 머물러
해와 달빛 하나 되어
세세생생 없이
문장대 아래 있으리

— 「말티재를 넘으면서」 전문

127

생각이 무엇인가를 바꾼다고 여기기도 하지만, '한마음'으로 보면 결국 모든 게 제 자리에 있다는 자각. 그러므로 스님의 삶은 '한마음'을 보는 '거기'에 있겠다. '거기'는 일상 삶과 따로 떨어져 있는 게 아니라, 자신이 지금 머물고 있는 그 자리-이 시에서는 '문장대 아래'-라는 인식이 예사롭지 않다. 문장대는 법주사가 있는 속리산의 바위다. 그래, 스님은 법주사와 인연이 깊다. 그의 수행의 첫 인연 자리이자, 만행의 출발점이 된다.

스님을 '문장대 아래'서부터 한참 먼 인각사에서 만났다. 스님이 인각사 주지로 온 게 2000년 여름 한창 더울 때였던 듯하다. 우여곡절 끝에 인각사 소임을 맡은 터라 온몸이 의욕으로 넘치는 듯 보였다. 그 의욕에다 남다른 사명감으로 당시 버려지다시피 한 황량한 절을 재정비하는 일에 힘썼다.

한편으로는 '일연삼국유사문화제'를 그 이듬해부터 시행했다. 나는 스님의 요청으로 이 문화제의 일환으로 베풀어진 일연문학상의 운영을 맡았다. 스님은 왕성하게 절의 위상을 세워나갔다. 한편으로는 절 터를 발굴하여 가람 정비의 기틀을 다졌으며, 일연스님의 비를 고증된 탁본에 의해 다시 건립하고, 『삼국유사』

영인본 등을 간행했다. 해마다 일연 관련 행사를 성황리에 열고, 일연 관련학술회의를 통해 인각사를 '일연학'의 본산으로서 우뚝 서게 만들었다. 뿐만 아니라, 그의 의욕은 더욱 범위를 넓혀, 달성의 비슬산 대견사를 복원하려는 원을 세우고, 두루 관련기관들과 소통하면서, 한편으로는 달성군수를 세 번이나 만나기도 했다. 그러나 자신이 벌인 일들을 마무리하지 못한 채 인각사를 떠나야 했다. 2008년 10월 주지직을 마감한 것이다.

아쉬워하는 신도들이 많았다. 조금만 더 머물러서 일연삼국유사문화제를 반석에 얹어놓는 일을 해주기를 바란 것이겠다. 무엇보다 스님이 주지 재임 기간 동안 보인 왕성한 추진력이 좀 더 계속되었더라면 인각사의 중창과 위상 제고를 더욱 장엄하게 이루어냈으리라는 안타까움이 컸다. 나의 인각사 일도 스님이 떠남으로써 더 이상 이어지지 못했다.

어쨌든 이후 스님과 나는 자주 만나게 됐다. 스님은 등단절차 따위와는 무관하게 더러 시를 썼고, 불교문인협회 회원으로 교류하기도 한다. 스님은 대구 인근에 몇 년 더 머물다가 정방사 주지로 갔다. 지금은 가섭사 주지로 자리를 잡았다. 여전히 왕성한 기운으로

사찰을 돌보고 포교 일에 몰두하고 있다. 일 년에 한 두 번씩은 회원들과 함께 스님을 찾아 절을 참배하곤 한다. 대구에도 이따금 들러 유쾌하고 돈독한 자리를 마련하기도 한다. 스님이 두 번째 시집을 내면서 내게 발문을 부탁한 것은 이런 끈끈한 인연 덕분이다.

2

상인스님의 시세계는 무엇보다, 당연히, 수행자로서의 마음가짐을 드러낸다. 그 시선은 언제나 자신의 안을 향해 있으면서 고요하게 빛난다. 시들도 그런 수행자답게 담백하면서도 깊은 인식을 깨우치는 언어들로 구축되어 있다. 그 마음이 지향하는 세계는 님 또는 당신이라는 우리의 전통적인 사랑의 대상으로 형상화하여 드러나기도 한다.

노을처럼
비단옷 갈아입은 산자락이 찬란하다
먼 길 가는 나그네

마음마저 붙잡혀

돌아가는 산자락 아득하여라

어느덧
보름달 동산에 나와
호탕한 웃음 메아리치는데

당신,
무엇하러 왔냐고
내 주위를 빙빙 도는
그림자 하나

어쩌면 그대 같기도 해서
갈 길을 놓치고 말았다

— 「헛개비」 전문

　자책과 번민을 떨치지 못하고 방황하는 가운데, '당신'을 향한 갈구의 정이 넘쳐난다. 그 길은 '어둠 가르며/찾아'(「백리 벚꽃 길」)가는 길이며, '꽃샘추위 헤집고' 닿는 길이다. 그러나 헛개비인 줄을 알면서도 '내 주위를 빙빙 도는 그림자'를 떨치지 못하고 탐닉하여, '갈 길을 놓치고' 만다. 자연과의 일체감이라는 정서적 안

정과 갈 길을 놓치는 불안정의 정서가 충돌하는 모습을 통해 수행자의 고뇌를 드러내고 있다. 번뇌와 망상을 떨치는 것이 그의 수행의 핵심이라는 자각이 그의 시 여러 곳에서 나타난다.

네가 그리워
앞산 바라보면서
너의 모습
마음으로 그려보니

너의 모습은
앞산에 가득 찼네

너무 좋아
포옹이라도 하려 하니

누군가
어디에서 왔는지
길 지워버리고
님의 모습마저 지워버렸네

이 산 저 산 찾았으나

어둠만 찾아오네

― 「기다림」 전문

높고 높은 산허리

천년 묵은 소나무

세파에 흔들리지 아니하고

흐르는 계곡 맑은 물

작은 미물에도 흐려지지 않는도다

― 「수행」 전문

　'너'를 찾아 산간을 떠도는 만행이 끝 간 데 없이 이
어진다. '너'는 어디에서나 가득 차 있는 존재이면서도
내 품에 들어오지 않는 안타까움으로 '나'를 둘러싸고
있다. 오고 가는 길을 지우고, 망연히 서 있는 내게 찾
아오는 것은 '어둠' 뿐이다. 이러한 인식을 통해 그는
사랑에의 지극한 지향의지를 흐트리지 않으려 한다.
시 「기다림」은 '너'를 그리는 안타까운 연가이다. 그
사랑의 인식은 흔들리지 않고, 흐려지지 않는, 곧고 청
정한 마음에서만 확인되는 것임을 자각(「수행」)한다. '너

와 내 마음/ 둘 아닌'(「삶」) 것을 인식하는 것이기도 하다. 그의 시는 이를 계속해서 되새김하고, 다짐하면서 나아간다. 이 자각의 행로야말로 그의 시의 출발이자, 정점이며, 귀결점이 되는 것이다.

상인스님의 시는 '님'을 찾는 도정의 언어라는 수행의 행로를 보여준다. 님을 향한 간절한 마음의 행로는 우리 서정시의 본류이기도 하다. 흡사 선재동자의 순례처럼 구도의 간절함이 편편마다 드러난다. 그리하여 진실은 다만 고행에 있는 게 아니라 '너와 나 삶이 생성하는/ 현실에 있'으며(「진실」), '걸림 없이 내달아/아름다움에/ 집착하지 아니하며 흘러간'(「물」)다는, '영원을 향한' 행로의 자각을 반복적으로 되씹는다.

이하석

1971년 『현대시학』 시 추천으로 등단. 시집 『투명한 속』, 『김씨의 옆얼굴』, 『우리 낯선 사람들』, 『연애 간(間)』, 『천둥의 뿌리』 등. 김수영문학상, 김달진문학상, 이육사시문학상 등 수상. 현 대구문학관장.

불교신문 시선집 ❶

별들이 뜨락 밝히는 밤

초판 1쇄 인쇄일	2019년 8월 15일
초판 1쇄 발행일	2019년 8월 20일
글	상인스님
발행인	진우스님
발행처	대한불교조계종 불교신문사
책임편집	여태동
편집제작	선연
출판등록	2007년 9월 7일(등록 제300-207-133호)
주소	서울시 종로구 우정국로 67 전법회관 5층
전화	02)730-4488
팩스	02)3210-0179
e-mail	ibulgyo@ibulgyo.com

ⓒ 2019, 상인

ISBN 979-11-89147-07-5 03810

값 10,000원